가장 나다운 거짓말

창비
청소년
시 선
23

가장
나다운
거짓말

배수연 시집

창비

차
례

제2부

우르르
우르르

제4부

온통
요구르트
냄새

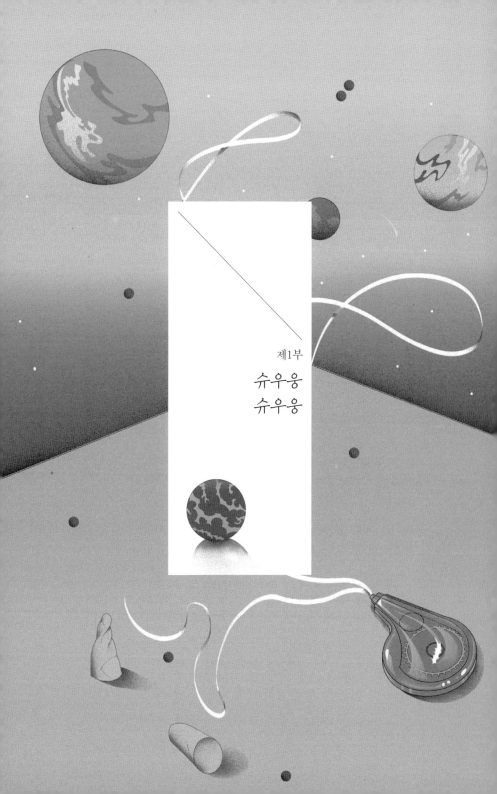

제1부

슈우웅
슈우웅

태풍

공원의 나무들은 뭣이 그리 억울해서
차마 못 할 욕들을 공중에다 휘갈기나?

사회 선생님은 뭣이 그리 급하다고
지렁이 글씨로 칠판을 어지럽히나?

운동장의 친구들은 뭣이 그리 창피해서
꺄아악! 앞머리를 붙잡아 매나?

창문 앞의 나는 뭣이 그리 지루해서
슈우웅 슈우웅
모두 날려 버리고 싶나?

계주

달리기 같은 건 왜 하는 거야
잘 달리는 걸로 상은 왜 주는 거야
50미터를 10초 안에 달리는 게 뭐가 좋은 건지
얼굴이 떡 반죽이 되고
겨드랑이가 축축 젖어 버리는데도
가슴이 덜렁대고
이마가 훌렁 벗겨지는데도
죽어라고 달리는 저 애들은 뭐야
바통을 떨구고도
옆 반을 추월하는 선미
그 애를 보고
심쿵 하는 건 또 뭐야

생리대가 왜

독서 시간
교탁 아래를 보다 움찔 놀란 국어샘
총총 내게 와 속닥속닥

(하연아, 교탁 밑에 생리대가 왜 있어?
남학생들이 장난치면 어떡해……
사물함 안에 두자)

어라 그거 담임샘이 우리 쓰라고 놔둔 건데……
폭탄을 숨기듯 넘겨 주는 국어샘

이상하다 여태 아무 일도 없었는데, 근데
이상하다 교탁 밑에 둔 담임샘도, 근데
이상하다 소곤소곤하는 국어샘도
이상하다 생리대가 왜
이상하다 생리대는 왜

청소

1분단: 승용이 주변 항상 개더러움. 하기 싫음.

칠판: 맨 위 줄 키 안 닿음. 들키기 싫음.

복도: 애들이 지나가면서 자꾸 대걸레 밟음. 짜증.

우리 반 특별 구역: 하…… 선생님이 검사하러 너무 늦게 옴.

교무실: 도대체 왜 **우리가** 해야 하는 거?

포털

노란 분필로 바닥에 문을 그리면
그 문을 열 수 있고

파란 분필로 천장에 원을 그리면
그 홀을 통과할 수 있지

Act1 운동장, Act2 복도, Act3 음악실과 미술실……
우린 게임 속에 있어

1~7교시
빠른 클리어를 위해
세 개의 빛나는 분필이 필요해

빨강은 누구에게 있어?
헤드셋에 대고 외쳐

야, 2층 화장실에 포털 좀 열어 줘

맵을 봐! 복도에 학주가 출몰했어!

야, 포털 좀……
우악!

시상식

눈을 감아 봐
메달을 걸어 줄 때
목이 푹 꺾인다면
금은돌 메달 중에
분명 돌메달

메달을 걸고

다시 경기장으로

눈을 감고 삐죽
성적표를 펼칠 때

금과 은이 아니라면
모두 돌이니까
모두 똥이니까
목을 푹 꺾고
머리를 쥐어박고

나는 돌
나는 똥

달걀 요리사

매년 장래 희망란에 나는
애니메이터, 아나운서, 스튜어디스, 여행 작가, 디자이너를 전부 쓰느라 늘 자리가 모자랐다
앞 동에 사는 이유정은 달걀 요리사가 되겠다고 써서 나는 속으로 웃어 버렸다

달걀, 너라면 뭐든 맛있을 거야
달걀, 너라면 뭐든지 할 수 있어

하긴 달걀은 우리보다 나아 보였고
고 3이 된 나는 꿈을 모두 포기해 버렸다

유정이는 어딘가에서 달걀 요리를 하고 있을까
아니면,
달걀은 혼자서 푸딩도 타르트도 스크램블도 찜도 모두 되었을까

화장

누군가는 눈썹이
누군가는 입술이
누군가는 뺨이 금지되었다
머리를 흔들면 설탕 같은 반짝이가 많이도 떨어진다
과자와 밥을 구분하듯
화장과 얼굴, 가짜와 진짜를 구분하는 곳에서
우리는 과자 공장의 주인이 당신들이라는 사실을 안다

발명가들

교무실의 호기로운 발명가들
얕은 죄에는 가벼운 꿀벌
무거운 죄에는 무서운 말벌
새로운 죄에는 새로운 벌과 벌과 벌

붕붕 여긴 벌이 많은 곳
계속해서 벌을 생성해 내는 발명가들을 조심해

지각자는 점심 30분 늦게 먹기
무단 외출자는 영단어 5장 쓰기
패드립을 하는 사람은?
수업 중 핸드폰을 보는 사람은?
교복과 사복을 섞어 입은 사람,
복도에서 물장난을 치는 사람은?
계속해서 잘못을 또 하고 또 하는 사람은?

붕붕 벌에 둘러싸인 괴로운 발명가들

소풍

기린은 기린과
코끼리는 코끼리와
사자는 사자와
두더지는 화장실에 가고 없다

여기 화장실에 흡연 탐지기가 있네!
두더지들은 낄낄거리며 탐지기와 고작 한 뼘 거리에 있
는 콘센트를 뽑았다

혼이 난다는 건

혼이 난다는 건 그렇게
어려운 일이 아니다

혼이 날 때 혼을 조금 빼놓고 있어 보자

혼이 난다는 건 그렇게
대단한 일은 아니다

예의 바르게 사과한 뒤,
앞으로 잘하겠다 진지한 체 말한다면
부모님도 선생님도 기특해할 테지

혼이 난다는 건 뭐,
나쁜 일은 아니다
튀기는 침 몇 방울과 벌 청소가 그렇게 힘든가?

다만 우리 선생님이
지그시 내 눈을 바라보지 않는다면

바라보며 오래도록 침묵하지 않는다면,
그 시간만 없다면

혼이 난다는 건 대체로 할 만한 일이다

3월

까마귀는 철새도 아닌데 누군가 계절마다 강제 이전을
시키자
나뭇가지로 장난치는 법을 잊어버렸다
등을 까 보면
열두 번의 봄이 남긴 흉터

3월은 춥다 여전히
3월의 말들은 자꾸만 얼어서 조각을 해서 보여 줘야 한다
게다가 첫 주엔 내 생일까지 있다

누구나 친구들과 선생들의 간을 보겠지
쉬는 시간엔 서로의 번호와 생일을 물어보겠지
하아, 왜 내 생일은 방학이 아닌 걸까

틀림없이 새 학기 첫 달에
쇠찌꺼기들은 자력이 센 자에게 들러붙을 것이다
판이 짜여지고
한 해의 마지막엔

누구나 크리스마스카드를 쓰고 있을 것이다

　　초록과 빨강의 거짓말과, 딱히 할 말이 없어도 메리 크
리스마스가 있으므로

　　대학에 가도

　　새 학기가 있을까

　　대학생들도 크리스마스카드를 쓸까

조퇴

담임샘,
조퇴증 좀
처방해 주세요

두통도 배탈도 감기 몸살도
조퇴증만 받으면
희한하게 벌써
나은 것만 같죠

모두가 수업 중인 복도를 지나
열 오른 이마 위로 산뜻한 하늘
한가로운 운동장을 구름처럼 미끄러지는 그 기분!

보건실에도 약국에도 없는
그러니까 담임샘,
조퇴증 좀

외모 전성기

너희 땐 화장 안 해도 예뻐
너희 땐 뭘 입어도 다 예뻐
외모 전성기야 전성기!
너희가 제일 예쁘니까, 꽃나무 예쁜 줄도 모르겠지?

네????

좀 보세요,
대왕 여드름, 살 터진 허벅지, 구린 생활복
복도에서 뛰어다니며 소리 지르는
차라리
전성기 매미 아닐까요?

열아홉 살

가을,
저기 초록을 다 가리고 선

음악실 창밖으로
선생님, 누가 우리를 지켜보잖아요

계절이 노을처럼 타는 모습을
노래하던 우리는 우리의 얼굴을 잊어버리고

새들은
영문도 모르면서 후드득 자리를 뜨더니

금세 휜 가지에 와르르 주저앉는다

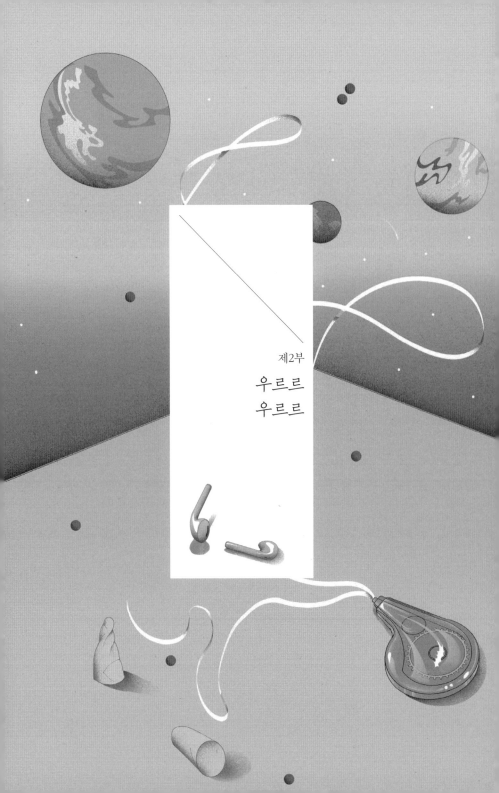

제2부

우르르
우르르

집

집은 학교를 거쳐야 갈 수 있는 곳이다
집은 학원을 거쳐야 갈 수 있는 곳이다
당장 가서 폰 들고 뒹굴고 싶지만
엄마는 회사를 거쳐야 하고
아빠는 회식을 거쳐야 한다
짜미야 너는 매일 집에 있으면서
좋은 줄도 모르고 컹컹 떼를 부리니?

책임질 거야?

너 그렇게 공부 안 하고
게임만 하면
나중에 중간고사 점수 책임질 거야?

너 그렇게 나물 안 먹고
콜라 마시다
나중에 비만 되면 니 건강 책임질 거야?

너 그렇게 구부정하게
핸드폰 보다
거북목에 키 안 크면 니 몸매 책임질 거야?

또 어디 가?
숙제 안 하고 피시방 가지!

엄마, 내가 안 가서 우리 팀 지면
엄마가 책임질 거야? 어?

버킷 리스트

자, 오늘은 이 바구니에
죽기 전에 해 보고 싶은 일을 적어 넣어 볼게요

해먹에서 낮잠 자기
피시방에서 밤새우기
강아지랑 고양이 새끼 같이 기르기
양다리 걸치고 들키지 않기
일주일 동안 라면만 먹기
구찌 컬렉션 갖기
우리 집 개 쨔미랑 바다 가기
엄마 생신상 차려 주기
아빠 안마 의자 사 주기

자, 그중에 이번 방학에 할 수 있는 걸 골라 보세요!

그렇다면 역시,
'일주일 동안 라면만 먹고 피시방에서 밤새우기!'

지난밤

지난밤
우리 집을 지나간 바람 속에는
이빨이 있었다

바람을 타고 온 상어 떼의
각진 이빨

달빛에 번쩍이는 지느러미가
우리 집의 허리를 베었다

모르는 척
골목들이 고요했고

나와 동생의 뼈는 산호처럼 굽었다

잉어

그날 엄마는
마르고 등이 까칠한 동생을 위해
집채만 한 잉어를 산 채로 가져왔다
폭 곤 잉어를 먹으면
피부가 매끈해진다는 거다

거대한 잉어가
그보다 더 큰 솥에 들어가고
불을 올린 엄마는 뚜껑을 꽉 붙잡았다

나와 동생은 와다다
작은방에 숨어 귀를 막고는
잉어가 여래신장*으로 솥을 때리는 소리를 들었다
힘 좋은 꼬리와 머리가 솥을 두드릴 때마다
불뚝불뚝 불거지는 솥의 벽

한참 장풍을 쏘던 잉어는
결국 엄마를 꺾지 못하고

이내 뽀얗고 기름진 국물을 내었다

엄마는 국물 한 사발에 소금 간을 치고
우리더러 후루룩 마시게 하더니
나중에는 밥을 잔뜩 말아 주었다

비늘과 가시가
빈 사발에 초라하게 모여들었고
우리는 방금 마신 국물이
위대한 쿵후 잉어의 영혼이라 생각했다

등으로 조르르 흐르는 땀에

동생이 흠칫 놀랐다

---

* 여래신장: 부처의 손바닥. 무협 영화에서 최고 단계의 무술을 뜻하기도 함.

세계 시민

5교시에 인권 교육을 받았다
우리는 모두 세계시민학교 신입생이 되었다고 했다
나는 저녁을 먹으며 끔뻑끔뻑 티브이를 바라본다
시리아 내전으로 닷새 만에 95명의 어린이가 숨졌다고
빵 배급 줄의 어른들이 폭격으로 쓰러졌다고
이상하게 가슴이 우르르 우르르 서러웠는데
밥 먹을 때 티브이 보지 말랬지!
엄마가 시리아 건물들을 날려 버린다

찝찝해

있잖아
세면대에서 머리를 감으면
천장에서 처녀 귀신 머리카락이 내려와서 같이 감는대

뭐라?
머리 안 감아 따돌림당한 귀신이냐?
총각 귀신은 머리 안 감아도 되냐?

이렇게 말했지만
아침마다 괜히 찝찝해
이틀째 서서 머리를 감고 있다

아침~시!땅!

하느님은 7시 5분마다 전쟁 벨을 누르신다
엄마와의 세계 대전 아침~시!땅!

다시는 내가 깨워 주나 봐라!
지각을 해 봐야 정신 차리지!

투덜투덜하면서도
여섯 번째 알람이 울릴 때까지
으르렁으르렁 소리치고
벌써 밥 다 차렸다 뻥치는 엄마

알아써! 지금 일어나잖아!
퉁퉁거리며 왈왈왈 씻고
아침 식탁에 앉으면

나한테도 아침 차려 주는
아침 식당 있었으면 좋겠네!

출근 가방 싸 놓고 와장창 밥그릇 챙기는 엄마

가족

아빠는 당황하거나 거짓말을 할 때
눈을 세차게 끔벅거리는데
눈을 감았다 다시 뜨면
세상이 자기편으로 변해 있을 거라고
믿고 싶은 모양이다

엄마는 기분이 상하거나 힘이 들 때
부엌에서 탕탕 소리 내며 일을 하는데
아빠와 나와 동생의 가슴을
쾅쾅 팰 수 있다고
믿고 싶은 모양이다

나는 두렵고 혼란스러울 때 침대에 누워
억지로 눈을 감고 귀를 덮는데
잠이 들면 소리가 꺼진
까만 화면만 볼 수 있다고
믿고 싶기 때문이다

우리는 서로의 믿음을 비웃으면서
가끔 서로의 믿음을 빌려다 쓴다

나쁜 꿈

나쁜 꿈이라고 하면 안 될까
아주 나쁜 꿈

아빠가 사라지고
주부였던 엄마는 우동집 주방에 취직했어
이건 나쁜 꿈 슬픈 꿈 창피한 꿈

나는 거울 속 내 어깨를 붙잡고
꺽꺽 울고 말았어

열두 시간 설거지에 지쳐 잠든 엄마
이건 꿈이야, 이따위 꿈을 꾸기 위해 엄마는
또 자는 걸까

열여덟, 나는 꿈속에서 말을 잃고 더 이상
이 골목은 참 깊고 축축하군요
라고
말하지 않았어

녹색 유배지

엄마는 아침마다 알약을 네 개씩 먹습니다. 유황과 비타민 D, 유산균과 종합 비타민.

아빠는 아침마다 알약을 네 개씩 먹고는 회사에 가서 두 개를 더 먹습니다. 아연과 면역과민반응 개선제.

식탁 위의 오메가 3와 양배추 환, 냉장고의 오디즙은 언제 다 먹지?

나는 꿀꺼덕 엄마가 쥐여 준 홍삼정과를 삼킵니다.

방학이 끝나도 날은 뜨겁고 여름에겐 아무것도 먹일 것이 없습니다.

엄마 마중

나는 강아지
우리 집 강아지
엄마 마중 가고 싶다

창 또 창
문 또 문
신호 또 신호

나 잘 아는 그 길 따라
엄마 가신 대로

들풀 위로 어둠이 누워
길들은 영원히 꺼져 버렸을지 몰라

창 또 창
문 또 문
계단 또 계단

엄마는
바람과 땀과 나의 생각으로 오겠지

나는 강아지
우리 집 강아지
엄마 냄새를 섞어
긴 네발의 꿈을 들이쉰다

병아리 단상

피아노 선생님은 내가 피아노를 치는 동안 눈을 감고 존다
나는 선생님의 감은 눈에 발린 푸른 아이섀도를 보며 꼭
병아리 눈 같다고 생각했다
병아리는 심심할 때마다 위아래 눈꺼풀을 카메라 셔터
처럼 꿈틀 닫았다

하루는 찹쌀 경단에서 병아리 냄새가 났다
나는 그 말랑한 것에 코를 대고 뛰는 심장을 들이마셨다

아! 병아리 울음은 여리고 날카롭지
힘없는 실수로도 부러질 수 있는 울음
죽은 너는 얼마나 목이 길었는지
내 손가락 위에 목을 걸고 파란 눈꺼풀을 닫았지

나는 가끔 사람들의 불룩한 주머니에 네가 있는지 궁금
하다
여전히 수돗물을 부리로 떠 하늘을 보는지
뽀르르 물을 넘기며 작은 눈을 닫는지

집에 가는 길

이다음에
다시 태어나면
얼굴 없는 사물로 태어나고 싶다
아무 표정도 필요 없는

앞과 뒤의 구분이 없는
그저 붉기만 한 토마토는 어떨까?

오늘 뜬 달이
이름도 마음도 없는 돌멩이를 부러워할 때

나는 골목에 떨어진 얼굴들을 발로 밀어
길섶으로 치운다

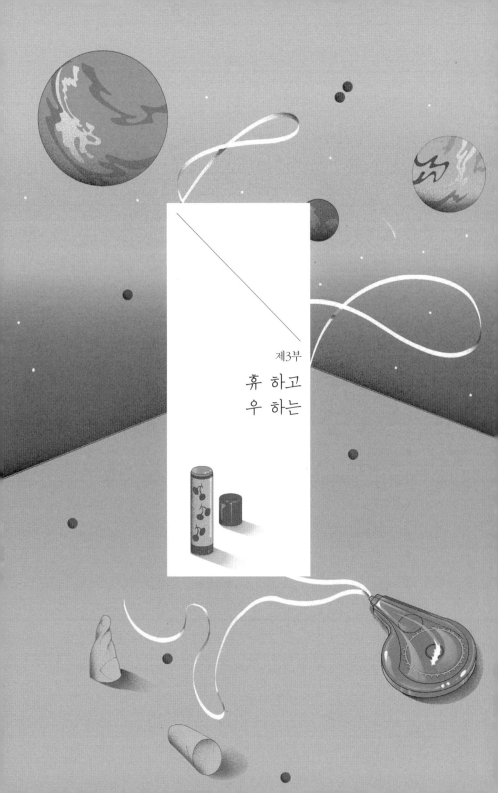

제3부

휴 하고
우 하는

비밀 노트

나 조금 죽으면 안 될까
조금 얼어 있으면 될까
잠드는 건 싫고
조금 죽으면 안 될까
잠자는 모습 전혀
무섭지 않으니까

나 조금 죽으면 안 될까
조금 멎을 수 있을까
기절하는 건 싫고
갈비뼈를 너무 심하게 누르진 말아 줘
모두들 놀라 눈이 커지겠지

나 무서워 보일 수 있을까
아무것도 안 하면서
거짓말처럼 보일 수 있을까
곰이라고 거짓말하는 곰 인형처럼

잘 지낼 수 있을까

드래곤

잊지 않지
매일 거울 속 괴물을 닦는 일

푹 삶아 부드럽게 헐어 버린 수건
따뜻한 김을 쐬어

괴물의 얼굴을 닦는 일

아아, 입을 벌려
갓 나온 크림색 이빨을 세어 보는 일

언젠가 내가 사라지면,

화장실 거울 너머로 오세요
무쇠 마왕의 숲속
한 틈 빛도 없는 동굴
그 동굴 깊숙이 모두를 가두고

천 개의 횃불을 삼킨 채 날아가는
나의 비행을 봐요

파우치 털기

젤리 보관 틴 케이스: 심심할 때 꺼내 먹고 폭탄을 넣어 적에게 던지기도 하는.

살구 블러셔: 이걸 바르면 무적이 된다.

빛바랜 구슬: 선생님들이 손에 꼬옥 쥐여 주고 나가는.

고양이 수염: 아직 녀석의 왼쪽 두 번째 줄 세 번째 자리가 비어 있겠지.

시몽이 캐리커처: 지금은 떠난 우리 집 첫 햄스터이자 자몽이의 엄마. 울면 안 돼, 화장 지워진다.

초록 오렌지: 점심 먹고 겨드랑이 밑에 뿌려 주는. 안개처럼 향기가 분사되면 우린 따가운지도 잘 모른다.

벌새*

가장 작지만
멈추지 않아요
묻고 생각하는 일
지금, 여기에서 자라
나 자신이 되는 일

* 영화 「벌새」.

안녕, 호키 포키

야, 호키 포키
너흰 영영 모를 거야
나한테 왜 차였는지

맞춤법 자꾸 틀리는 호키
♡♡ 아프지 마, 빨리 낳아!
보고 싶어서 어떻해♥

커플 샌들 신은 날의 포키
인증샷에 완전 긴 하얀 발톱, 으악!

말 못 했지만
정말 그 때문인걸
이상한 핑계만 빙빙 돌리며

손 들어 호키 포키
잘 가 호키 포키

주홍 이야기

내가 좋아하는 주홍
노랑과 빨강이 끼어들지 않는
주홍을 알고 싶다면,
늙은 호박 이야기를 빼놓을 수 없지

옛날 옛날 따뜻한 저녁 하늘이
푸른 호박밭 위로 허물어졌다고
그 시간 세상의 얼굴들이 모두
호박빛으로 모서리를 녹였다고
태양의 빨강도
별의 노랑도
끼어들지 않는
그 시간에 주홍이 태어났다고

주홍, 내가 좋아하는 우리의 얼굴

어떤 꽃

내가 꽃이었을 적에
눈 떠 보니 꽃이어서
나는 통 잠을 안 자고 눈알을 뎅뎅 굴렸다
그도 그럴 것이
눈 떠 보니 꽃이어서
작게 '야호' 하고 있었는데
야 하고 호 하는 사이에
이어지고 터지고
끝이 없고 끝이 없을 것만 같아서
남모르게 바쁘고 수줍었기 때문이다

내가 꽃이었을 적에
눈 감아도 꽃이어서
나는 통 잠을 못 잤다
그도 그럴 것이
꿈에서도 계속 꽃이어서
'휴우' 안도하고 있었는데
휴 하고 우 하는 사이

간지러운 것이 쑤욱 빠지고
주변은 기침을 하느라 온통
극성이었기 때문이다

내가 꽃이었을 적에
어떤 꽃이 있었고
우린 그 어떠함이 좋았다

안전한 공

눈을 감으면
바다 위의 흔들의자
가만가만 파도가 재워 주는

눈을 감으면
아주 천천히 떨어지는 눈송이
행복한 여섯 살의 데칼코마니처럼

안전한 형태
안전한 운동

눈을 감으면
비치 볼을 아주 잘 돌리는 물개

절대로 떨어지지 않아요
벌써 100바퀴째인걸요
무뚝뚝해 보여도 머릿속으론 가장 풍부한 미소를 짓고
있답니다

당연히 100점 만점이지요

눈을 뜨면
가라앉은 흔들의자
휩쓸려 간 눈송이
물개는 사라지고,

저만치 멀어지는 나의 공, 나의 공

잠 안 오는 밤

눈 감으면 소리를 내는 밤
끼익 끼익 앓는 소리를 내는 사물
우리 집은 조여지거나 풀어지고 있어서
나는 숨죽이고 그 소리를 들어야 한다

결심한 듯,
언니 방의 옷걸이는 장롱의 모든 옷과 다섯 개의 모자를 걸치고
뚱뚱한 바나나우유처럼 나를 내려다보고 간다
나는 숨을 죽여
끼이익 문 닫는 소리를 들어야만 한다
동이 트면 무얼 입어야 하나

엉엉 울지도 못하고 고민해야 한다

Diving Moon

이마가 푸른 달
세상의 모든 강이 그 달을 사랑했지
달은 생각했어

'나도 강에서 수영하고 싶다'

활짝 열린 강의 긴 팔과
첨벙 미끄러지는 달의 흰 배

꽃들은 수런수런
달 없는 세상은 온전한 그늘이 되고

깊은 강의 가슴이 환하게 밝아지는 것을
별이 박힌 검은 개가
끔뻑끔뻑 내려다봤어

해 질 녘

해진 얼굴로
해진 얼굴로
우숭숭
학원을 나서면

모르는 게 많은데 이미 다 알 것 같지
저무는 하늘을
잠기는 하늘을

내겐 너무 작아요 지구의 하늘은

반짝 폰을 켜면
별이 많은 우주

목성의 부피는 지구의 1400배
목성의 하늘엔 그림 같은 회오리
지구만 한 회오리가 돌아간다

회오리 속에 손목을 담가
얼굴을 씻을래요

해진 얼굴로
해진 얼굴로
그림같이 웃는 회오리

테이블

우리 반에
하나의 책상
하나의 의자만 있다면

아마 그 의자는 가느다란 도넛처럼 생겨야 하고
책상은 그 안의 커다란 구멍처럼 생겨야겠지

이런 건 책상이 아니라 테이블이라고
누군가 크게 소리칠 테지만
요즘은 테이블에 커피를 시켜 놓고 하는 게 공부라고
우리는 시시덕거리며 앉아나 보겠지

들여다보면
테이블은 검은 구멍
난데없이
아름다운 질문을 던져 보라 하고
우리는
질문이 어떻게 아름다울 수 있지

그런 건 받아 본 적도 해 본 적도 없다고
호미 같은 얼굴을 하고 있겠지

종이 치면 구멍에 책을 모두 던져 넣고
낄낄 웃어나 보겠지

파브르 관찰기

등굣길에 아이들 이름마다 지옥이란 단어를 붙여 보았다
김 아무개지옥 박 아무개지옥
아이들은 모두 성난 개미 같았다
집 근처 공원에는 장갑차같이 큰 개미들이 많았다
개미들은 물 흐르듯 가다가도 반동 없이 우뚝 멈췄다가
다시 가기를 반복했다
나는 운동화를 신고 있었지만
당당한 개미들을 밟지 못했다
교실에서 나는 정수리에 전구라도 달린 것처럼
최대한 고개를 숙이고 책을 읽거나 편지를 썼다
사실, 빈 종이 사이마다 말린 개미들을 욱여넣고 있었다
개미들은 금세 종이를 비집고
까만 글자가 되었다
작업이 끝나면
나는 꽝! 책을 덮었다
그러고는 숨 쉴 틈 없이 빠르게
한 마리도 책 밖으로 나오지 못하도록 단단히 눌렀다
김 아무개지옥 박 아무개지옥

아이들의 더듬이가 꼼짝없이 책 안에 갇혔다

비밀 책

우리 학교 도서관의 비밀 책

1.
청바지 커버의 책
표지엔 노란 스티치의 호주머니
거기에 손을 꾹 찔러 넣고
어슬렁어슬렁 이야기를 누비다
아무 데나 털썩 깔고 앉아 쉬는

2.
파라솔 커버의 책
물방울 또르르 떨어지는 방수 종이
여름날 바다에서 첨벙
물고기와 함께 펼쳐 보는

3.
가을 여행용 도토리 책
작은 책장을 넘기면 낙엽 소리가 나는

데미안도 완득이도 안네의 일기도
작은 앞니로 오도독오도독 읽어 내리면
가을 숲처럼 깊어지는

브래지어의 숲

브래지어의 숲을 걸었지
브래지어의 숲
학교 가던 아이들이 스르르
가슴을 풀어 까치발로 걸어 놓고
따뜻한 김이 나는 나무들 사이로 안녕 안녕
가벼이 사라지는

희고 작은 언덕들 나무 위에서 자고

그 숲을 지나 학교에 가면
블라우스 안으로
숲에서 데려온 휘파람
안개처럼 간지럽고

어쩔 줄 모르던 아이들도 하나 둘

맨가슴으로

브래지어의 숲

브래지어의 숲

김이 나는 나무들 사이로 안녕 안녕

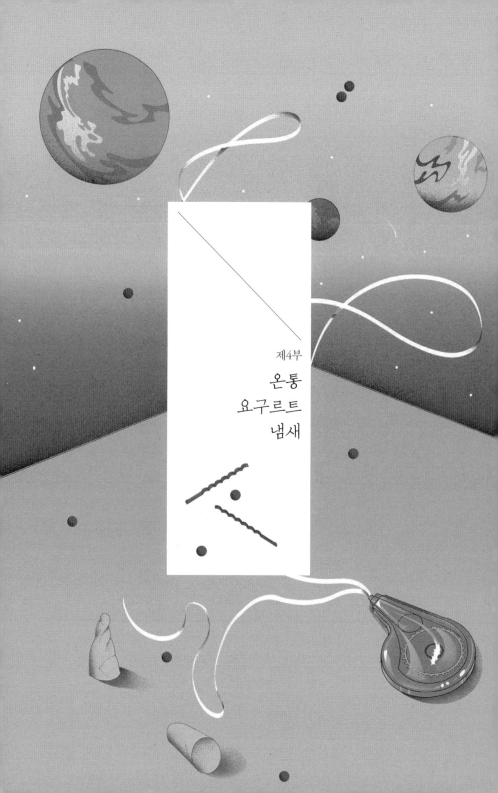

제4부

온통
요구르트
냄새

해 본 아이

자유 시간에 은룡이랑 둘이 속닥거렸다

그거 알어?
중학생도 편의점에서 콘돔 살 수 있대

헐 진짜?
너 9반 홍○○이 떠드는 말 들었어?

걔
노래방에서 한 시간 동안
노래는 안 하고 키스만 했대

으아, 아이돌들은 그거 해 봤을까?
야 중고딩인데?
야 왜 안 되는데?

나중에 애인이랑 여행 가면, 단추 백 개로 된 옷 입을 거
야!

웃기네, 우리 먼저 해 본 사람이 어떤지 말해 주자

약속!
떨리는 손가락
반짝이는 눈

거짓말

보여 줄 거짓말이 많아서
모양이 잘빠진 기타를 샀다
친구들은 내가 음악을 사랑한다고 생각한다
하마터면 나도 그럴 뻔했어

보여 줄 거짓말이 많아서
포샵을 연마했다
수십, 수백 명의
친구들이 이어진다
운동회의 만국기처럼
성탄절의 색전구처럼

아직도 보여 줄 거짓말이 많고
그럴수록 유리하다 모든 것이

가장 새로운 거짓말이 되고 싶어

니가 그렇고 그렇다고?

너무 완벽해서 엄마가 믿지 않는, 아빠가 믿지 않는
거실의 거울은 절대 볼 수 없는
나는 가장 나다운 거짓말이 된다

연준이

김 연 준
연준이는 멋있는 아이였다
키가 크고 운동을 아주 잘했다
시험을 망쳐도 큰 소리로 웃고
우리 집에 놀러 와 간식을 챙기는 엄마에게
제가 뭘 도와드릴까요?
조심스레 묻는 아이였다

하루는 우리 반에서
무지 못생기고 이기적인 애가
생일 파티를 했다
아무도 가지 않았는데
연준이만 갔다
그 애 엄마가 케이크를 잘라 주었다고 했다

연준이 부모님은
방신 시장에서 생선 가게를 했다
연준이네 식탁 위엔 늘 먹다 남긴 생선이 있었다

연준이 동생은 병이 있었다
병명은 너무 크고 새하얘서
이름을 듣는 것만으로도 어른이 되는 기분이었다

연준이를 정말 좋아했는데

학년이 바뀌면서
인사도 어색해지고
졸업식에선 모른 척하는 사이가 되어 버렸다

새로 사귄 친구에게
저 애 동생이 백혈병이라고 속삭이면서
이상하게 내가
끔찍하게 싫었다

연습

누가 나를 마구
연습하는지도 몰라

섣부른
고백을 하고

아무렇게나
차이는 연습

약속을 어기고
거짓말로 둘러대는 연습

까만 후회를 하고
눈물 콧물을 뚝뚝 흘리며

와…… 시발 좀 멋있게 연습하면 안 되냐?
어디다 소리를 지르고 싶은지도 몰라

걷다가

처음 네 손을 잡고 그만 미사일이 되었다
어쩔 줄 몰라 머뭇거린다면
정말이지 그건 존나 어색한 미사일이니까
그러니까 우리는 별안간 빨리 걷게 되었다
삽시간에 수많은 맨홀을 밟으면서
나 때문에 터질까 조바심을 내면서

변명

나는 나를 매일 보니까 알지
나처럼 생기기는 참 쉽다
나는 나를 매일 보니까 알지
나처럼 말하기는 참 쉽다

나는 나를 매일 보니까
내가 무서워하는 걸 무서워하고
내가 지겨워하는 걸 지겨워한다

쉬우니까 계속 그렇게 한다

9교시

내일 일은 영원한 어제의 일
가방끈을 고쳐 매도 같은 자리가 아플 텐데
다 큰 여자건 남자건 되고 싶지 않지만 묻지 않기로 하고
우리는 의자를 등에 업고 걷고 또 걸었다
오직 침을 흘리며 졸 때에만
날개가 삼천 리나 되는 붕새를 타고 다녔다

천재

아직
장래 희망은 없다 대신
지금 희망이 있다면
공부 천재가 되고 싶다
우리 반 유현진처럼

사실
장래 희망은 필요 없다 다만
지금 희망이 있다면
얼굴 천재가 되고 싶다
2학년 주민혁처럼

그런 애들이라면 장래 희망이 자동으로 생기겠지
농구 천재, 개그 천재, 게임 천재, 요리 천재…… 나는 뭘
까?

하 그러고 보니
뭐든 안 남기고 다 잘 먹는

급식 천재 식욕 천재

Where are you from?

티컵 강아지
찻잔에 들어갈 만큼
어깨가 좁은 그 강아지

귀를 대면
고동 소리가 난다
손바닥 위에서 춤을 추었다는 중국 사람처럼
마디마디 세포마다 전족을 채웠는지
희미한 소리

마트에 가면
핑크색 물을 들인 병아리는 500원이고
플라스틱 집에 숨은 소라게는 2000원이다
호리병에 담긴 두 마리 열대어는
가방 주머니 안에서 잊히고 만다

Where are you from?

원어민 선생님을 좇아
병아리도 소라게도 열대어도
열심히 따라 한다

손님의 땀내 나는 구두 안이 너무 포근해서
티컵 강아지는 금세 잠이 든다
박살 난 머리통은 남자의 양말 위에
붉고 선명한 꽃을 그렸다

Where are you from?

꽃에서
원어민 발음이 들린다

외투

길 위에 고양이가
조용히 벗어 놓고 간
검소한 몸뚱어리

바람은 섰고
단단했을 것이다
털은 무지 무거웠을 것이다

고양이가 그걸
천천히 내려놓는 것을
지루해서 나는
못 보았지만

눈 한번 감았을 뿐인데
좌우지간
식은 것이 누워 있다

길 위에

길게

명찰 바꾸기

민지수 박은형 김혜원

지숙이를 잘 말려 차가운 물에 우려 봅시다
은룡이는 달달 볶아 미지근한 물에
혜붕이는 그대로 쭈욱~
캬!
그래야 향이 좋으니까
그래야 색이 맑으니까
친한 친구라면 그렇게 귀엽게 다정하게

파란 공

모든 공은 파랗다
배구공도 야구공도 축구공도 탁구공도
공중에서 혼자 "야호!" 하며 파래졌다

내가 던지고
니가 뻥! 차면
니가 넘기고
내가 팡! 치면

공은 찌그러진다
공은 찌그러지며
공룡의 머리처럼 씨익 웃는다

니가 "야호!"라고 외친 것을
우리가 공룡처럼 웃은 것을

나는 마음속에 커다랗고 파랗게 그려 놓았다

괄호

우리 동네
명호 동호 진호 성호 인호 상호 괄호 중에
내 이름은 괄호
나는 세상에서 가장 커다란 바구니,
세상에서 가장 깊은 바구니를 가지고 있죠
이 안에 들어오는 모든 것을 나는
사랑할 준비가 되어 있습니다
나는 괄호, 가장 커다란 바구니

이 안에 들어오는 것은
이 안에 심기는 것입니다
이 안에 들어오는 것은
나로 인해 자라
잎사귀를 펼치고
열매를 매답니다

나는 괄호 내 이름은 괄호
나는 팔을 벌려 가슴을 넓힙니다

내 안에 들어오고 싶은 세상이
나를 만들었나 봐요

눈빛

내 마음대로
조절할 수 있을까
눈에서 나오는 빛

미소를 짓거나
말을 걸지 않아도

마음에서 마음으로
이동하는 빛

용돈을 털어
두 눈빛에
그윽한 바이올렛 그레이를 입혔어

너랑 나 말고
아무도 모르게

마음에서 마음으로

달려가는 빛

연재에게

3월이 오면

너랑 산책하고 싶어

바람이 얼굴과 목을 간질이고

우리는 꼭 그것 때문이 아니라도 미소를 짓고

발이 닿을 때마다 세상은 자꾸자꾸 넓어져

해국이 쿡쿡 웃는 겨울 화단을 지나

나무 끝에 앉은 빈 둥지도 지나

바람이 풀어지는 곳으로 무릎을 옮기면

얼음의 헐거움 속으로 너와 내가 흘러들고

겨드랑이의 체온을 훔쳐 서로의 손을 데울 거야

푹 파묻힌 몸에선 온통

요구르트 냄새

이상한 쾌활함, 이상한 우울

임승훈 소설가

수연이는 좀처럼 쉬지 않는 친구다. 그녀에겐 무시로 연락이 오는데, 대개 이번에 무언가를 하니 그 안을 봐 달라는 것이다. 이를테면 어린이 뮤지컬 대본을 쓰게 됐다거나, 청소년 소설이나 그림 동화를 썼다거나, 혹은 무용가와 함께 무용극을 연출했다거나 하는 것들 말이다. 그녀는 시를 쓰거나 동화를 쓰다가 짬이 나면 혼자서 미술관에 가고, 영화를 보고, 무언가를 읽거나 친구들을 만난다. 그리고도 힘이 남았는지 일주일에 한두 번씩 작은 스케치북에 그림을 그려서 SNS에 올리곤 한다(미대 출신답게). 그렇다고 수연이가 한가한 사람도 아니다. 그녀는 중학교 선생님이고, 출근 전에는 시인이었다가 퇴근하면 여전히 시인이다.

기왕 그녀의 열정적인 삶을 써 본 김에 더 써 보자면, 그녀는 나를 비롯한 주변 친구들이 자기 작품을 봐 달라고 하면 주저

없이 수락하는 편이다. 그러고는 도서관에 앉아 누구보다 열심히 읽고 몇 시간이고 조언을 해 준다. 그것도 모자라 나처럼 쓸데없는 걱정이 많은 친구들이 어떤 결정을 내리지 못해 그녀에게 전화하면 고민을 다 들어 주고는 다음 날이고 다다음 날까지 고민하다가 불쑥 연락을 한다.

언젠가 수연이가 내 문학 행사에 찾아온 적이 있다. 나는 내 소설을 낭독했고, 그 자리에 참석한 독자들과 감상을 나누었다. 그때 수연이는 그 소설에 대해 두어 마디 말을 하다가 돌연 울음을 터트렸다. 그녀가 말을 잇지 못하고 눈물만 뚝뚝 흘려서 그녀 다음 몇몇 사람도 울컥 훌쩍거리고, 모두가 숙연해졌던 기억이 있다. 내가 낭독한 소설은 조금 슬픈, 왠지 소설 속 인물이 작가 자신인 것만 같은 내용이었다. 물론 나는 일부러 그렇게 썼다. 일종의 소설적 재미랄까, 그런 느낌으로. 게다가 수연이 역시 그런 사정을 잘 알고 있었다. 하지만 그럼에도 불구하고 그녀는 그 소설에서 자기 친구의 마음인 것만 같은 어떤 걸 발견하고 말았고, 그래서 울었다.

수연이에 관해, 내가 너무 눈치가 없어서 그녀와 친해지고도 한참 늦게 알게 된 사실 두 가지가 있다. 하나는 그녀의 가방이 무지막지하게 무겁다는 것. 그녀는 늘 회색 백팩을 매고 다니는데, 그 가방은 터질 것처럼 빵빵하고 사람 하나가 숨어 있다고 해도 믿을 만큼 무겁다. 그런데도 불구하고 왜 나를 비롯한 많은 사람들이 쉽사리 그걸 눈치 못 채냐면, 이유는 간단하다.

수연이는 그 무거운 가방을 이고 지고 다니면서도 누구보다 경쾌하게 걷고, 쉬지 않고 말을 하고, 계속 웃기 때문이다. 물론 가방이 무거우니까 마치 지게를 짊어지고 산을 오르는 나무꾼처럼 잔뜩 허리를 앞으로 굽히고 있긴 하지만.

나는 구부정한 자세로 무지막지하게 무거운 백팩을 매고, 작은 새처럼 종종거리며 다니는 수연이의 모습을 생각한다. 그것은 바로 그녀의 성격 혹은 삶을 그대로 대변하는 것만 같다. 늘 엄청난 기세로 무언가를 하고 있어야 직성이 풀리는, 좀체 시간을 놀려 두지 않는 그 성격 말이다. 하지만 수연이의 또 다른 모습, 그러니까 내가 말했던 그녀와 친해진지 몇 년이 지나서야 알게 된 또 다른 모습을 떠올린다면, 그녀의 그런 하이 텐션을 다른 각도에서 바라보게 된다.

또 하나는 작년에 알게 된 사실인데, 수연이는 무언가에 집중할 때 미간에 굉장히 힘을 준다는 것이다. 너무 힘이 들어가 그녀의 미간에는 굵은 주름이 세로로 잡히고, 두 개의 눈썹은 팔자로 쳐진다. 그 모습은 마치 무성 영화 시대의 배우가 짓는 표정 같기도 하고, 혹은 낭만주의 시대의 조각 같기도 하다.

슬퍼 보인다는 말이다. 슬퍼 보일 뿐더러 고뇌에 가득 차 보이기도 하고, 어쩌면 그런 슬픔과 고뇌가 쌓이고 쌓여 만성적인 고통에 시달린 사람처럼 보이기도 한다. 밝고 명랑하고, 쉴 새 없이(정말 쉴 새 없이, 정말로 진짜로 0.5초도 쉴 새 없이) 재잘대는 이 사람에게 어떤 고통이 있는 걸까? 그녀의 표정을 보고 있으면 그녀의 고통을 상상하게 된다.

한번은 그녀가 아무렇지 않은 표정으로, 그러니까 방금 전까지 농담하던 그 표정과 그 억양과 그 웃음기 그대로 어릴 적 자기 아픔을 얘기한 적이 있다(마음 아픈 얘기들이었다). 어릴 적 수연이는 겁이 많았다고 한다. 그래서 그녀는 시시때때로 눈치를 봤다고. 그녀에겐 몇 년간 무신경한 사람들이 있었는데, 그 사람들 때문에 종종 웃는 얼굴로 산책을 하다가 집에 돌아와서 울었다고. 그 아픔들이 쌓였었다고.

　　나 무서워 보일 수 있을까
　　아무것도 안 하면서
　　거짓말처럼 보일 수 있을까
　　곰이라고 거짓말하는 곰 인형처럼

　　잘 지낼 수 있을까

　　　　　　　　　　　　　　　　　　　—「비밀 노트」에서

그래서 수연이는 이런 문장을 쓴 걸까? 시인의 시가 온전히 시인은 아니지만, 나는 종종 어떤 구절들에서 시인을 느끼곤 한다. 아니 느끼는 게 아니라 이런 문장 앞에선 시인과 시를 분리할 수 없다고 생각한다. 어쩌면 그건 할 수 없는 게 아니라 그 무언가가 나로 하여금 해당 시와 시인을 분리할 수 없게 만든 것인지도 모른다.

수연이는 삶을 어떻게 바라보고 있는 걸까? 그녀는 무서워 보이고 싶은 걸까? 그렇다면 왜? 그게 거짓말일지라도?

삶이라니. 나는 어쩌면 청소년시집에 대해 오해하고 있었는 지도 모른다. 그렇지만 많은 성인들, 혹은 청소년들 스스로도 오해하고 있을지도 모르겠다. 청소년시집에는 청소년의 삶을, 그들의 정서를 반영할 것, 이렇게. 하지만 청소년 문학이 반영 하는 청소년의 정서란 성인들이 생각하는 '청소년화'된 정서 일 것이다. 그건 가공된 세계, 어쩌면 우리가 돌아가고 싶은 판 타지 세계라는 생각을 종종 한다.

나는 청소년 때 어땠을까? 나는 그 시기가 영원할 줄 알았다. 나는 언제나 내 세계가 나와 함께 완성되어 있다고 생각했다. 내가 하는 말, 내가 하는 생각, 고함, 비명 등이 앞으로 사라질, 미완성된 세계에 잠시 존재하는 정거장 같은 거라고 생각하지 않았다. 나는 내가 성인이지 못한 존재가 아니라 독립된 존재 라고 느꼈다. 그래서 청소년용으로 규정된 세계와 인물에게 흥 미를 느끼지 않았다. 그건 가짜니까.

물론 수연이의 청소년시집에도 우리가 생각하는 청소년들 의 모습이나 감정들이 예상할 수 있는 범위 내에서 제시된다. 하지만 종종 발견되는 어떤 무서운 마음 같은 것들, 혹은 날카 로운 외로움들이 이 시집을 보편적인 청소년화된 정서로 읽지 못하게 한다.

공원의 나무들은 뭣이 그리 억울해서
차마 못 할 욕들을 공중에다 휘갈기나?

사회 선생님은 뭣이 그리 급하다고
지렁이 글씨로 칠판을 어지럽히나?

운동장의 친구들은 뭣이 그리 창피해서
꺄아악! 앞머리를 붙잡아 매나?

창문 앞의 나는 뭣이 그리 지루해서
슈우웅 슈우웅
모두 날려 버리고 싶나?

—「태풍」 전문

    수연이의 청소년시집이 성인의 눈에 비친 가공된 세계가 아니라 그녀가 십 대 시절 느꼈던 혹은 지금까지 계속되고 있을 어떤 마음들을 청소년적인 시공간을 통해 풀어놓은 거라고 생각하고 보면, 위 시가 그저 태풍이 불어오는 학교 풍경을 감각적으로 묘사한 시가 아니라 욕과 비명이 사방에서 휘날리는 세계, 누군가의 섬뜩한 마음처럼 느껴진다. 게다가 이 시가 시집의 첫 번째 순서인지라 더더욱 어떤 선언처럼 느껴지기도 한다. 마치 이어지는 시들에서 재치 있게 다루는 청소년들의 삶이 보기처럼 유쾌한 것만은 아니라는 듯이. 그들에게도 실존하는 고민이 있고, 그걸 성인들이 흔히 생각하는 '힘들었던 추억'쯤으로 보는 걸 거부하겠다는 듯이.

지난밤
우리 집을 지나간 바람 속에는
이빨이 있었다

— 「지난밤」에서

눈 감으면 소리를 내는 밤
끼익 끼익 앓는 소리를 내는 사물
우리 집은 조여지거나 풀어지고 있어서
나는 숨죽이고 그 소리를 들어야 한다

— 「잠 안 오는 밤」에서

시의 화자들에게 무슨 일이 있었던 걸까? 있긴 있었던 것만 같다. 하지만 그것이 그들만의 특별한 경험일까? 나는 그렇지 않다고 생각한다. 요즘처럼 두 세대로만 이뤄진 도시 가정이라면 작은 풍파도 집안을 뒤흔들 것이고, 그건 가족 구성원들에게 커다란 폭력으로 다가올 것이다.

이런 환경은 특히 비성인 구성원에게 더욱 가혹할 수밖에 없다. 왜냐하면 그들이야말로 그 고통스러운 곳을 벗어나기가 결코 쉽지 않기 때문이다. 경제적으로도 사회 구조적으로도. 나는 이런 게 현대 사회적 아이러니라고 생각한다. 현대 사회는 법적으로 성인이 되지 못한 자들을 보호받아야 될 대상으로 규정한다. 그 말은 그들에겐 책임을 묻지 않는 대신 권리도 부여하지 않겠다는 의미이다. 이 말은 다르게 말하면 그들이 부모의 그늘에서 벗어나도 그들에게는 주체적인 선택권이 주어지지 않는다는 의미이다. 따라서 불안에 노출된 비성인들은 국가의 관심을 얻기 전까지는 그 환경에서 벗어나기 힘들다. 다시 말해, 그들은 보호받아야 될 대상이기 때문에 오히려 폭력 같은 불안에서 벗어나지 못한다. 이럴 때 그들은 어떻게 해야 하는 걸까?

> 우리는 서로의 믿음을 비웃으면서
> 가끔 서로의 믿음을 빌려다 쓴다
>
> ─「가족」에서

> 내 마음대로
> 조절할 수 있을까
> 눈에서 나오는 빛
>
> ─「눈빛」에서

너무 완벽해서 엄마가 믿지 않는, 아빠가 믿지 않는

거실의 거울은 절대 볼 수 없는

나는 가장 나다운 거짓말이 된다

—「거짓말」에서

비성년 수연이는 거짓말을 선택한 것처럼 보인다. 그녀의 거짓말은 너무 완벽해서, 지나치게 모두가 원하는 형태여서 오히려 비현실적인 것이지 않았을까? 누구도 쉽사리 믿을 수 없을 정도로, 심지어 자기 자신조차도 차마 들여다볼 수 없을 정도로. 그 정도로 가열하게 자신을 몰아붙여야 하는 걸까?

그래야 했을 것이다. 그게 바로 청소년들의 삶이다. 말하자면 이건 선택권이 없는 자들의 생존법이다. 하지만 그들이 청소년이라서, 사춘기라서, 너무너무 예민해서 저런 연기를, 저런 과장을 하는 건 아닐 것이다. 오히려 주체적으로 무언가를 선택할 수 없는, 좁은 세계에 갇힌 자들이어서 더 예민해지고 더 과잉되는 것일 수도 있다.

하지만 거짓말이란 언제나 태생적으로 폭로의 공포를 동반한다. 문학에서의 거짓말이란 거짓말 그 자체가 목적이 아니다. 거짓말을 통해 드러나는 진실과 진실을 품은 자의 불안정한 마음이 목적일 것이다. 이 시집에서의 화자 역시 두려움에 가득 차 있는 것처럼 보인다. 거짓말이, 안간힘 쓰는 자신의 마음이 누군가에게 곧 들킬까 봐. 아무도 믿지 않을까 봐.

혼이 난다는 건 뭐,

나쁜 일은 아니다

튀기는 침 몇 방울과 벌 청소가 그렇게 힘든가?

다만 우리 선생님이

지그시 내 눈을 바라보지 않는다면

—「혼이 난다는 건」에서

그녀에게 눈이란 늘 진실을 담고 있나 보다. 이 시집에서 반복적으로 쓰이는 감각적 행위는 거의 대부분이 '보다'이다. 마치 늘 무언가를 하는 수연이처럼 시적 화자들은 무언가를 끊임없이 보고 관찰하고 생각한다. 그러므로 눈이 그 어느 곳보다 많은 진실과 비밀을 드러낼 수 있다고, 그래서 늘 눈을 통해 모든 것이 폭로될 수 있다는 불안에 휩싸여 있는 것은 당연한 일이다.

그러다 문득 그녀의 시적 대상들은 눈을 감거나 뜨는데, 이렇게 눈을 감거나 감았다 뜨면 세계는 꿈의 세계로 전복되고 그 전복된 시공간에서 그들은 실재하게 된 꿈을 마주한다. 하지만 또 한 번 눈을 뜨거나, 혹은 다시 감았다 뜨면 꿈이 사라진 세계, 그 외롭고 쓸쓸하고 무서운 세계에 다시 덩그러니 놓이게 된다.

아빠는 당황하거나 거짓말을 할 때
눈을 세차게 끔벅거리는데
눈을 감았다 다시 뜨면
세상이 자기편으로 변해 있을 거라고
믿고 싶은 모양이다

(중략)

나는 두렵고 혼란스러울 때 침대에 누워
억지로 눈을 감고 귀를 덮는데
잠이 들면 소리가 꺼진
까만 화면만 볼 수 있다고
믿고 싶기 때문이다

—「가족」에서

눈을 감으면
바다 위의 흔들의자
가만가만 파도가 재워 주는

눈을 감으면
아주 천천히 떨어지는 눈송이

행복한 여섯 살의 데칼코마니처럼

안전한 형태
안전한 운동

(중략)

눈을 뜨면
가라앉은 흔들의자
휩쓸려 간 눈송이
물개는 사라지고,

저만치 멀어지는 나의 공, 나의 공

　　　　　　　　　　　　　　　—「안전한 공」에서

　그렇다면 돌아온 그 세계에서 수연이가 보는 건 무엇일까?
그건 아마 얼굴인 것 같다. 이 시집엔 얼굴에 대한 구절이 참 많
다. 타인의 얼굴, 누군가의 얼굴, 그리고 내 얼굴. 원래 예민하
고 겁 많은 사람들은 남의 표정을 잘 살피는 편이다. 타인의 감
정을 즉각적으로 알아차리지 않으면 그만큼 내 상황이 악화될
테니까. 그리고 그런 사람들은 자기 얼굴도 자주 살펴본다. 내
가 이 사회에 적합한 사람인지, 적합하면 얼마나 적합한지, 꽤

훌륭하게 적합하다면 나는 그만큼 인정받고 사랑받고 있는지, 그게 너무 궁금하기 때문이다. 그래서 거울을 본다(아마 청소년들이 그 시기에 외모에 관심을 가지기 시작하는 것도 이런 원리 아닐까? 사회화를 의식하는 시기에 쉽게 드러나는 사회화적 징후를 얼굴에서 찾아내려는 무의식적인 판단 때문이 아닐까?).

> 잊지 않지
> 매일 거울 속 괴물을 닦는 일
>
> 푹 삶아 부드럽게 헐어 버린 수건
> 따뜻한 김을 쐬어
>
> 괴물의 얼굴을 닦는 일
>
> —「드래곤」에서

> 나는 거울 속 내 어깨를 붙잡고
> 꺽꺽 울고 말았어
>
> —「나쁜 꿈」에서

무서워 보일 수 있을지 고민하는 수연이는, 곰보다 더 곰처럼 보이고 싶어 했던 수연이는, 거짓말 그 자체가 되고 싶었던 수연이는 어째서 거울 속의 자신, 어쩌면 괴물이 된 자신을 붙잡고 꺽꺽 울고 있을까?

　　나는 나를 매일 보니까 알지
　　나처럼 생기기는 참 쉽다
　　나는 나를 매일 보니까 알지
　　나처럼 말하기는 참 쉽다

　　나는 나를 매일 보니까
　　내가 무서워하는 걸 무서워하고
　　내가 지겨워하는 걸 지겨워한다

　　쉬우니까 계속 그렇게 한다

　　　　　　　　　　　　　　　　　　　—「변명」전문

　　그건 자기 자신을 벗어날 수 없기 때문이 아닐까? "내일 일은 영원한 어제의 일"(「9교시」)이라는 구절처럼 내일도 어제 같고, 어제도 내일 같은 매일이 반복되어서가 아닐까? 그래서 결국 "다 큰 여자건 남자건 되고 싶지 않지만 묻지 않기로 하고 / 우리는 의자를 등에 업고 걷고 또 걸었다 / 오직 침을 흘리며 졸 때에만 / 날개가 삼천 리나 되는 붕새를 타고 다녔다"(「9교시」)처럼 오직 잠깐 졸 때 비로소 다른 세계를 엿볼 수 있어서가 아닐까? 그러다가 문득 이 거짓말로 간신히 지탱한 채 그대로 어른이 되어서 그걸 사회화라 자위하며 살아가게 되겠지, 이런 생각을 해서가 아닐까? 아니 생각이 아니라 실감을, 아니 어쩌면 그것을 확정적인 계시처럼 느꼈던 게 아닐까?

눈 한번 감았을 뿐인데
좌우지간
식은 것이 누워 있다

길 위에

—「외투」에서

그러다가 어디에도 도달하지 못한 채 길 위에서 허망하게 스러지는 삶을 떠올렸던 게 아닐까? 그리고 지금도 계속 그 상태인 건 아닐까?

나는 수연이의 이런 접근이 청소년시로서의 어떤 리얼리즘을 보여 준다고 생각한다. 청소년들의 삶을 이야기 형식으로 전달하지 않아도 말이다. 그들의 정서를 단순히 "우리들도 ○○ 했다구요!"라는 선언 혹은 외침 형태가 아니라, 비명에 가까운 어조로 표현하는 것이 어쩌면 진짜일지도 모른다. 사실 어쩌면 매일이 비명일 수도 있다.

물론 그렇다고 수연이가 청소년들의 삶의 질감을 모른 채 추상적이고 대상이 모호한 예민함을 전면에 내세워, 이것을 마치 청소년적 정서라고 둘러대는 건 아니다. 그녀는 다행히 중학교 교사이기 때문에 그들의 어휘와 그들의 취향을 알고 있으며, 그들의 공간과 그들의 동선을 알고 있다.

이를테면, '포털'(「포털」), '파우치'(「파우치 털기」), '패드립'(「발명가들」) 같은 건 요즘 십 대들이라면 쉽게 이해할 수 있는 어휘이다. 또한 수연이는 2019년 교실의 페미니즘과 평등의 움직임을 잘 이해하고 있다. 만약 이런 걸 잘 모르는 작가가 이를 썼다면 교실 인권에 대한 문제의식이 '사건적'으로 다뤄졌을지도 모른다. 또한 화장 같은 것 역시 특별한 행위처럼 기록됐을지도 모른다. 하지만 현재 중고등학생들에게 이런 소재들은 90년대 십 대들의 '똥 싼 바지'나 '워크맨'만큼 일상적인 것이다.

김 연 준
연준이는 멋있는 아이였다
키가 크고 운동을 아주 잘했다
시험을 망쳐도 큰 소리로 웃고
우리 집에 놀러 와 간식을 챙기는 엄마에게
제가 뭘 도와드릴까요?
조심스레 묻는 아이였다

하루는 우리 반에서

무지 못생기고 이기적인 애가
생일 파티를 했다
아무도 가지 않았는데
연준이만 갔다
그 애 엄마가 케이크를 잘라 주었다고 했다

연준이 부모님은
방신 시장에서 생선 가게를 했다
연준이네 식탁 위엔 늘 먹다 남긴 생선이 있었다

연준이 동생은 병이 있었다
병명은 너무 크고 새하얘서
이름을 듣는 것만으로도 어른이 되는 기분이었다

연준이를 정말 좋아했는데

학년이 바뀌면서
인사도 어색해지고
졸업식에선 모른 척하는 사이가 되어 버렸다

새로 사귄 친구에게
저 애 동생이 백혈병이라고 속삭이면서

이상하게 내가

끔찍하게 싫었다

— 「연준이」 전문

이 시야말로 그녀의 시적 정서와 그녀가 알고 있는 청소년
적 질감이 잘 어우러진 시가 아닐까? 특히 마지막 세 개의 연의
연쇄가 그렇다. 나는 이게 청소년시이면서, 수연이의 마음이면
서, 더 나아가 이런 마음이 수연이에게 시를 쓰도록, 예술을 하
도록 부추기는 동력이 아닐까란 생각조차 한다. 새로 사귄 친
구에게 사랑했던 친구의 동생 얘기를 끔찍한 마음으로 속삭이
는 그 모습 말이다.

때때로 성인들은 청소년 시기의 사랑을 폄하한다. 나 자신의
사랑이든 청소년들의 사랑이든, 아주 쉽게 그건 사랑이 아니라
고 하거나 그건 연애로 치지 않는다고 한다. 이런 태도의 이면
에는 청소년들을 성인과 동등한 주체로 보지 않는 생각이 있
다. 현대 사회에서 주체적이지 않다는 말은 인간의 조건에 다
다르지 못했다는 의미이다. 따라서 그들의 사랑뿐 아니라 그들
의 고통 또한 지난 시간(혹은 지나간 시간)의 장식 정도로 가볍
게 취급하는 것이다.

그래서 많은 청소년 문학들이 완독을 한 독자에게 어떤 다정
하고 따뜻한 느낌을 남기는 것인지도 모른다. 하지만 그 시기
를 곰곰이 되새김질해 보면, 많은 이들이 그 시기를 가장 끔찍

했던 시기 혹은 지금까지 이어지는 끔찍한 삶의 출발지처럼 느낄 것이다.

끔찍함. 그렇다. 거칠게 말해 나는 수연이의 청소년시집이 다른 청소년시집과 분별되는 지점이 이것이 아닐까 싶다. 청소년 문학을 읽다 보면 우리는 어느새 다정한 마음을 느끼게 되는데, 그건 해당 시/소설에서 청소년들이 고민을 하고 비행을 하고 울고 우울해도, 왠지 모르게 그들의 삶이 어떤 노스탤지어 내부에 있는 것처럼 보이기 때문이다.

어떤 작가들은 아동용 혹은 청소년용 문학을 창작하고 그 후기에 그 시절로 오랜만에 돌아갈 수 있어서 즐거웠다고 쓰고 있다. 돌아간다니. 그들에게 그 시절은 고향과 같은 곳이라 여겨지는 것 같다. 그래서 그들에겐 그 시절의 고통이나 슬픔은 나 자신을 완성하기 위한 재료, 혹은 미래를 위한 작은 시행착오쯤으로 여겨진다. 그들은 십 대 시절을 지나치게 특수하게 생각한 나머지, 어느 순간 그 시절이 성인의 삶과는 다른 시공간에 놓여 있다고 인식한다. 그들에겐 그때의 나와 지금의 나는 다른 사람이다. 하지만 어떤 이들에게 십 대란 '나'의 다른 이름일 뿐이다.

수연이의 시집을 모두 읽고 나면 '이상한 쾌활함'과 '이상한 우울'이 남는다. 그녀 시에 등장하는 화자들은 쾌활하다. 하지만 그들의 쾌활함이 '이상한 쾌활함'으로 보이는 건 이 시집의 또 다른 화자들이 극도로 불안해하고 우울해하고 혹은 끔찍한 생각들을 하기 때문이다.

이런 부정적인 마음들을 아무렇지 않게 노출하는 것, 이 마음들을 '다정한 뉘앙스'와 '노스탤지어적 정서'의 외피로 둘러싸지 않는 것, 그건 아마 수연이가 청소년기를 현대 사회 특유의 과잉 관념화된 시기로 생각하지 않기 때문인 것 같다. 그녀는 자신의 청소년기와 현재를 분리된 시기로 여기지 않는 게 아닐까? 그녀에게 그 시절의 자아와 성인의 자아란 개별적인 무엇이 아닌 게 아닐까? 말하자면 수연이는 그들(청소년)과 자신을 엄격하게 분리하지 않는 것 같다. 왠지 그들의 삶을 자신의 삶처럼 여기는 것만 같다.

그래서 그런지 아주 글을 잘 쓰는 청소년이 시를 쓰면 수연이처럼 쓸 것 같다. 커다란 백팩을 매고 종종걸음으로 걷고 수다를 떨다가, 문득 미간에 주름을 잡은 채로.

큐트 라이어

유 아 라이어! 겟 아웃 오브 히어!

영화 속에서 들어 봄 직한 말인데,
나는 정말 큐트 라이어가 되고 싶었지.
샤리라~ 내가 등장하면,
사람들은 커다란 눈에서 별가루를 쏟아 내며

유 아 쏘 큐트 라이어~! 컴 위드 미!

왜냐면 우린 너무 진부한 진실 속에 있었으니까,
우리의 상상은 이 멍청함의 바깥을 몰랐고,
바깥이란 낭떠러지라고 배웠으니까.
그 낭떠러지를 붕붕 날아다닐 공룡 머리의 천사,

우주 최강의 큐트 라이어가 필요했어.

십 대의 나.

실오라기의 거짓도 못 가진 왕거지.

친구들이 놀리면 받아치지 못하고 질질 운 다음, 더 놀림을 받지.

우르르 쾅쾅 눈물이 흐르려 할 땐, 눈에 콱 힘을 주고 천장을 보며

"하느님, 제발 울지 않게 해 주세요." 빌었지만

이상하지, 그것만은 단 한 번도 들어주신 적이 없어.

부모님이 다툰 밤 울다 잠들면, 틀림없이 눈꺼풀이 세 배는 부풀고

붕어눈으로 펼친 교과서 귀퉁이 삽화 속엔 내가 있었어.

어딘가 아둔한 미소의 모범생, 진실의 성실한 협조자.

나는 클레이 애니메이터가 되고 싶었어.

「월레스와 그로밋」, 「크리스마스 악몽」, 「치킨 런」, 「곡스」, 「핑구」…….

작은 인형에 표정을 지어 주고, 그가 바라볼 창문과 달을 걸어.

침대 옆엔 초록 램프, 그 램프를 딸깍 켜고 딸깍 끄는 손과 프
릴 달린 소매,

램프가 비추는 홀과 홀,

그 깊은 구멍과 드넓은 무도장⋯⋯.

긴 구멍에 눈을 맞추는 기분으로

넓은 무도장에 푸른 구두코를 대어 보는 마음으로

이 시들을 그때의 나에게 보낼게.

이젠 나를 용서해 줄래?

창비청소년시선 23

가장 나다운 거짓말

초판 1쇄 발행 • 2019년 10월 10일
초판 5쇄 발행 • 2024년 8월 6일

지은이 • 배수연
펴낸이 • 김종곤
책임편집 • 서영희, 정편집실
펴낸곳 • (주)창비교육
등록 • 2014년 6월 20일 제2014-000183호
주소 • 04004 서울특별시 마포구 월드컵로12길 7
전화 • 1833-7247
팩스 • 영업 070-4838-4938 / 편집 02-6949-0953
홈페이지 • www.changbiedu.com
전자우편 • contents@changbi.com

ⓒ 배수연 2019
ISBN 979-11-89228-61-3 44810